Chorar de alegria

LORENA PIMENTA, CAROL STUART,
FERNANDA GAYO, JÉSSICA BARROS
E MAYSA MUNIZ

ilustrações
Brunna Mancuso

Chorar de alegria

LORENA PIMENTA, CAROL STUART,
FERNANDA GAYO, JÉSSICA BARROS
E MAYSA MUNIZ

ilustrações
Brunna Mancuso

Editora responsável **Veronica Gonzalez**
Assistente editorial **Júlia Ribeiro**
Texto **Lorena Pimenta, Carol Stuart, Fernanda Gayo, Jéssica Barros e Maysa Muniz**
Diagramação **Douglas Kenji Watanabe**
Projeto gráfico original **Laboratório Secreto**
Ilustrações **Brunna Mancuso**

Texto fixado conforme as regras do Acordo Ortográfico da Língua Portuguesa (Decreto Legislativo nº 54, de 1995).

CIP-BRASIL. CATALOGAÇÃO NA FONTE
SINDICATO NACIONAL DOS EDITORES DE LIVROS, RJ

C477

Chorar de alegria / Lorena Pimenta ... [et al.] ; ilustração Brunna Mancuso. - 1. ed. - São Paulo : Globo Alt, 2019.
    304 p. : il ; 21 cm.

    ISBN 978-65-80775-01-9

    1. Poesia brasileira. I. Pimenta, Lorena. II. Mancuso, Brunna.

19-58673   CDD: 869.1
                               CDU: 82-1(81)

Meri Gleice Rodrigues de Souza - Bibliotecária CRB-7/6439
24/07/2019 01/08/2019

1ª edição, 2019
1ª reimpressão, 2019

Direitos de edição em língua portuguesa para o Brasil adquiridos por Editora Globo S.A.
R. Marquês de Pombal, 25
20.230-240 – Rio de Janeiro – RJ – Brasil
www.globolivros.com.br

eu me deito com as palavras todas as noites
e no dia seguinte dou à luz o que há de mais belo:
a poesia.

– parto

uma palavra inicial

"as feridas sempre cicatrizam", ouvi.
mas a verdade é que a marca da dor permanece como que
pra deixar a lembrança viva em nós. como que pra lembrar
que o amor, em algum lugar, sempre vai existir.

pra pessoas como nós – sim, porque você escolheu este
livro –, à flor da pele, todos os encontros são necessários e
eternos nessa área que nos causa cicatrizes.

eu sou cheia delas e me curo apenas com palavras.
as minhas e as delas.

momentos não voltam. amores podem simplesmente não
acontecer, mas a poesia cura.

a saudade é a única ferida que nunca cura.
ela não passa.

neste momento o meu coração vaga em algum local distante
de mim. ele o procura. e cansa por antecedência ao pensar
que, mesmo que eu o supere, ainda vou tê-lo partido
outras vezes na vida, tendo em vista que pretendo amar de
novo. a vida é cruel com quem sente grande. o preço que
a gente paga é sentir pra sempre. é esperar. é esperança. a
esperança é a solução mais burra pra amenizar dores.

nós aprendemos a nos comunicar, então comunique o seu amor. com palavras. com toques. com olhares. mas deixe alguém saber que é amado.

amar requer coragem.

demorei uma semana pra ler cinquenta páginas porque a cada três poemas era uma noite de insônia e olhos pesados de lágrimas.

quis aquietar todo meu peito e essas palavras o chacoalharam tanto que ainda não deu tempo de me recuperar. meus poros pulsam como se eu estivesse ao lado de uma caixa de som, numa festa cheia de gente, quando o desejo é apenas estar em casa – deitada no sofá. queria construir essa paz aqui dentro, mas é mais fácil bagunçar que arrumar. tento convencer minha mãe disso desde que eu era criança. hoje meu coração é a prova viva.

desatenta, deixei que ele entrasse de fininho, se acomodasse como uma visita sem graça e quando percebi, o vi abrir a geladeira sem pedir, colocar os pés no sofá, usar minhas escovas de dente e deixar a louça na pia. o vi voltar pra casa sem ao menos se despedir, agradecer ou fazer como aquelas pessoas que vão embora e dizem "desculpa qualquer coisa".

ele foi embora como quem nunca entrou, e eu estou aqui tendo que limpar toda essa bagunça sozinha e cansada.

lamento dizer, mas é isso o que essas palavras vão te causar também, mesmo que você já tenha curado o amor. é que a gente sempre tem poeira pra tirar de cima do móvel, embora não veja.

este livro é como um daqueles sábados em que a gente põe a música mais brega no último volume, veste qualquer roupa, junta os produtos de limpeza, reza pra que ninguém veja a cena e deixa a casa do jeito que precisa.

depois toma um banho – aquele banho –, senta no chão pra não tirar nada do lugar e admira a bela faxina que acabou de fazer.

e, quando a campainha toca, a primeira coisa que dizemos pra quem chegou é:

"não bagunça nada. acabei de arrumar!"

— giovana cordeiro

nosso universo se expandiu tanto
que nos perdemos no espaço do nosso próprio vácuo.

adeus

às vezes,
você terá que abrir mão de alguns amores
por entender que, quando a sua pele sangra mais dor do que
transborda amor,
é hora de ir.

não porque dores são desnecessárias,
mas porque é preocupante
quando nem o amor as supera.

não deu tempo

toda vez que conto às pessoas sobre a nossa história,
recebo olhares culposos
como se eu fosse infantil
a ponto de me julgar perfeita.

elas não entendem que apenas não tive como mostrar
minhas muitas imperfeições
porque estava ocupada demais
perdoando os seus erros.

mãe,

sei que o seu vazio fez com que você, sem perceber,
arrancasse uns pedacinhos de mim.
rezei tanto pra perdoar as palavras. os olhares.
rezei tanto pra esquecer.

a gente anda em caminhos diferentes. é como se eu fosse
uma linha paralela a você e às dores que teve que enfrentar
como mulher. e eu não digo com frequência o quanto te
admiro por chegar aqui inteira.

mas vejo os machucados e as cicatrizes.

te olhei tanto como mãe que esqueci que você existia inteira
antes de mim – e que amou, sofreu, chorou, riu, abandonou
e foi abandonada, sangrou, abraçou. você viveu cada
emoção humana ao máximo e nem se dá conta do tamanho
da sua força.

às vezes, quero te pegar pela mão e te mostrar o caminho
pra gente sair deste túnel escuro.

você é tão forte vivenciando todas as experiências como um
ser humano falho – assim como eu. assim como as pessoas
pelas quais nós nos apaixonamos.

sei das vezes em que nos distanciamos e queria te agradecer por nunca me deixar ficar longe demais. por tentar ver as coisas com olhos bondosos.

porque o mundo te quebrou e me quebrou também, mas nos fizemos inteiras de novo. porque nós somos mulheres e, por isso mesmo, sempre nos reerguemos juntas.

demais pra você

sua paz não pode competir com meu caos,
então você vai embora
dizendo que eu sou boa demais pra você.

quando o mar virou gente

queria entender melhor o que você sente pra ter aonde me segurar quando a relação estremece, mas, no fundo, sei que o único local seguro é o que *eu* construo.

ontem você me tratou como se o meu corpo fosse o melhor lugar pra repousar. como se a minha cintura fosse feita pra encaixar no seu abraço, e eu amanheci te vendo em todos os lugares, com o sorriso de orelha a orelha, ouvindo sua voz ao fundo de todas as músicas, contando as horas pra estar perto de novo.

mostrei sua foto pra um amigo e ele disse que nunca esteve com uma mulher tão linda, o que apertou meu coração, pois embora eu não faça competições mentais, algo chacoalhou aqui dentro. me veio o sentimento de privilégio seguido de medo.

não sei até que ponto é saudável sentir medo de perder alguém. se é sinal de que preciso me ajustar ou se é apenas a lembrança de que sou de carne e osso.

agora encaro o teto me perguntando o que pode ter acontecido num espaço de dezenove horas pra tudo ter mudado – qual seria o motivo da sua frieza e distância. ou se não é só mais um daqueles casos em que não há causa, só desdém.

preferiria lidar com qualquer outra coisa que viesse de você, porque não sei resolver o peso do nada – e eu queria resolver a gente.

queria porque gosto do jeito que sua língua molha os lábios quando para no meio da frase pra respirar. porque gosto do seu desafinado. porque gosto do jeito que pergunta o óbvio quando está puta com o mundo. porque gosto do seu jeito de dizer que vai me provocar até eu ceder. porque gosto da sua sacanagem e da forma como a troca por carinho. porque gosto da nossa vontade de transar no banheiro de todos os bares. porque gosto do seu jeito de aceitar minhas loucuras sem pensar duas vezes. porque gosto do seu jeito de me fazer querer atravessar o celular pra te agarrar. porque gosto de tanto que a lista é infinita, e me parece que, quanto mais proximidade tivermos, mais crescerá.

queria te entender melhor porque você, com seus braços longos, descascou minha alma e abocanhou a parte mais importante de mim com tanta força que deixou uma tatuagem – uma frase feita aos dentes onde se lê EU VOLTO. e eu nem precisei abaixar a cabeça pra ver. passei a mão e senti.

foi a única coisa que aprendi em braile.

eu e você

existe você,
que doou alguns pedaços,
e eu,
que me doei inteira.

faz sentido que você se reconstrua primeiro.

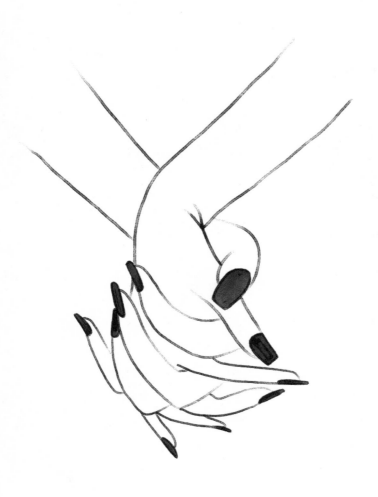

amar outra mulher

ser mulher e amar outra mulher é revolucionário.

ser mulher e amar outra mulher é resistir dia após dia,
porque o mundo não é sensível ao que sentimos.

o mundo não nos percebe.
ele nos vê
mas não nos *entende*.

e eu não preciso da aprovação de milhões de pessoas pra
amar apenas uma.
mas não é fácil. é uma luta.
é não ter certeza se podemos caminhar de mãos dadas
em paz.

eu não quero soltar da mão de quem amo a cada esquina.
não quero que o meu amor se transforme em guerra.
não quero que o suor na pele da mulher que amo seja de
medo.

se sinto calma ao olhar nos olhos do amor, por que preciso
me desviar quando estamos em público? se meu corpo se
sente confortável no espaço que ocupa na alma que desejo,
por que minhas pernas precisam tremer por pensar na
possibilidade do mundo me separar dela?

se amar é o acerto da vida de toda pessoa, por que eu preciso viver como se o que sinto fosse um erro?

ser mulher e amar outra mulher foi o máximo que o mundo me aproximou do inferno,
mas eu nunca me importei em queimar por alguém.

espaço

o vazio me dói porque deixa espaço suficiente pra que eu
veja com clareza
tudo o que eu te dou e você ignora.

estrela

um dia, escutei que temos
somente cinco fases de dor no corpo.
depois do quinto tiro,
da quinta facada,
não sentimos mais nada.

você
foi o meu número cinco.
não sinto mais dor, nem amor.

você sente muito por isso?

rachadura

você rasgava o meu peito um pouco mais
toda vez que voltava para a minha vida.

agora o buraco está tão aberto que já nem é difícil entrar.

pra todas as pessoas
que a vida me obrigou a esquecer

eu não sou só aquilo que você vê, e me corta a alma sentir que morro entalada com a melhor parte de mim. que dentro do seu peito eu sou singular, não plural.

queria ter espaço pra te fazer rir do meu humor afiado, pra te arrepiar com meu toque – que já estudou cada pedaço do seu corpo só de olhar –, pra te mostrar a minha loucura, pra te mostrar que sou de carne e osso.

às vezes, vejo suas fotos e me pergunto o motivo da porta do seu coração ter aberto tão pouco ao ponto de eu não conseguir entrar por inteiro. talvez seja por isso que penso ser impossível permanecer na sua vida: porque nunca pisei nela com os dois pés.

tenho o planeta terra girando na boca do estômago, mas você não estende a mão pra rodar comigo.

tenho o amor pelo qual você procura por aí, mas você não abre os olhos.

quando foi que me tornei invisível?

a resposta não importa:
dizem que a regra é engolir a rejeição e seguir em frente.

só vai ser um desastre quando eu vomitar.

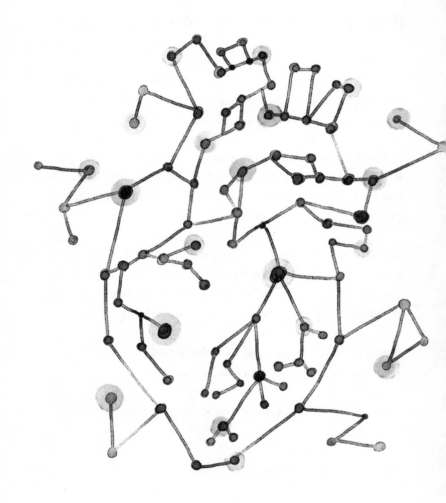

astros

não acredito em astrologia,
mas confiro o horóscopo todos os dias
pra saber se é hoje que você volta.

destruição

às vezes, a única semelhança entre nós e quem amamos
é a habilidade de destruir algo que tinha tudo pra dar certo.

íntimo familiar

sempre me dei melhor com a palavra escrita do que com a falada quando o assunto é amor. quando criança, nunca me ensinaram que o amor te abraçava e beijava e dizia *eu te amo* antes de dormir.

sempre acreditei que o amor era aquele que te levava até a porta da escola, afagava o seu cabelo e ia embora sem se despedir. nunca entendi esse conceito de famílias felizes e unidas que sentavam à mesa de jantar e perguntavam como foi o seu dia. o amor nunca me perguntou como foi o meu dia. apenas serviu meu café e me pediu pra ter pressa.

talvez o amor fosse acordar às cinco da manhã pra preparar o lanche e sair sem dizer adeus. porque o amor nunca conseguiu dizer que sente orgulho de mim ou me olhou nos olhos e disse *eu te amo*, mas já me impediu de fazer coisas alegando preocupação e eu achei que isso era amor. talvez fosse.

já não sou mais criança e agora entendo que existem várias formas de dizer *eu te amo*. a minha ideia de família unida é aquela que aprendi com filmes e com os pais dos meus amigos – algo muito próximo do que eu secretamente desejava e tão distante da minha realidade, porque família deveria ser o lugar pra onde você volta quando o mundo desmorona, e não de onde você se esforça pra escapar.

mas, embora o amor nunca tenha me abraçado e dito que me amava, ou sentado e me dado conselhos, eu ainda posso escrever sobre ele.

nunca me ensinaram a falar sobre amor, mas o aprendi do meu jeito, por questão de sobrevivência. porque mesmo que ele ainda durma no quarto ao lado, sei que sairá amanhã sem dizer bom dia.

colisão

as guerras começam quando nossos corpos se tocam
e prometem se encontrar amanhã
mesmo que o nosso amanhã não exista.

estudos sobre o amor

me falaram que, de acordo com a psicologia,
nós nunca amamos alguém de verdade.
amamos os sentimentos que as pessoas nos proporcionam.

mas como isso pode ser possível
se eu te amei quando tudo o que você me causava
era dor?

estômago dilacerado

queria entender por que a primeira coisa que almejamos ao crescer é o amor dos outros, por que seguimos esse caminho mesmo sabendo que ele nos leva ao fundo do poço, por que, às vezes, temos a sensação de estarmos em um transe sem fim enquanto o mundo gira, por que corremos se, no fim do dia, terminaremos deitados em uma cama, olhando pro teto, por que somos donos da nossa memória, mas gastamos a maior parte dela pensando em quem não queremos, por que querer não é poder, por que quem nos promete o universo nos esquece ao virar a esquina, por que juramentos nos fazem bem embora saibamos que, na maior parte das vezes, eles não são cumpridos, por que a fome entra em coma quando o amor morre, por que o cérebro apaga um percentual tão grande da rotina, por que precisamos de tanto tempo pra cuspir sentimentos que nos envolveram tão rapidamente, por que ressignificar o cotidiano não é o suficiente pra seguir em frente, por que a ferida no meu peito, aparentemente cicatrizada, ainda lateja quando nos esbarramos pelas calçadas, por que você foi embora, por que a gente parece incompleto quando alguém parte mesmo quando sabemos que somos completos sozinhos, por que o que resta ainda é sobre você e, principalmente, por que nada disso faz diferença mas, ainda assim, dói tanto.

curtinho

você me levou ao extremo, saboreou cada parte de mim
e engoliu o que havia de melhor,
me deixando o desafio de construir algo útil com o resto.

pantera negra

às vezes, o meu corpo inteiro dói.

sou boa em cuidar das pessoas, mas ninguém sabe a hora
exata de me estender a mão, de me puxar pra um abraço.

quando os meus olhos caem, é raro notarem.

é como se todos achassem que dou conta de tudo sozinha,
porque a minha imagem de guerreira preenche todos os
espaços desde sempre.
é como se todos pensassem que aguento qualquer barreira
pelo caminho, que já estou acostumada com o tranco.

mas a verdade é que nem sempre eu aguento.

as minhas costas ainda não se acostumaram com a distância
entre a minha casa e a faculdade.
o meu estômago ainda não digeriu todos os sapos que engoli
no trabalho.
as minhas pernas ainda não entenderam que não podem
parar na volta pra casa.

e, em meio ao caos, eu não descanso.
porque ser mulher e negra não me permite parar.

preciso estudar três vezes mais.
agir três vezes mais.
me amar três vezes mais.

é desleal enfrentar tantos obstáculos.

minha alma é repleta de buracos que não sei quando
fecharão ou se há cura, porque o meu sangue ferve com o
passado, presente e futuro, mesmo que eu erga a voz.

às vezes, eu só queria que deixassem de me ver como
heroína e me devolvessem a minha fragilidade, porque eu,
sinceramente, não sei onde ela está.

nunca tive a chance de usá-la.

ocupado

me dobrei pra me encaixar no seu coração
até perceber que eu caberia perfeitamente ali
se você não estivesse guardando espaço pra outra pessoa.

marcas

eu não queria voltar no tempo pra reviver a nossa história.

queria ser a pessoa que virá agora na sua vida,
porque ela encontrará uma versão melhor de você
– alguém que eu gostaria muito de ter conhecido,
mas que, se realmente existe,
nasceu a partir de cada cicatriz deixada em mim.

solidão

hoje eu li como o derrame pode ser causado pela solidão. li e pensei no meu pai, tão sozinho com seus sessenta anos, colhendo toda a amargura que plantou. os frutos foram seis derrames.

nunca desejei isso, pai, queria que você soubesse. no fim eu soube do seu arrependimento em nos abandonar.

você me ensinou o que é ter pânico, mas também a perdoar. porque, mesmo depois da sua morte, eu tive que lidar com a sua presença e desaparecimento.

te escrevo hoje pra falar de solidão e perdão. queria que você visse como cultivo e honro meus sentimentos. como te perdoei. como abandonei todo o rancor que insistia em crescer dentro de mim.

porque, naquela cama de hospital, quando você me pediu perdão por tudo o que fez e deixou de fazer, vi que era tão sozinho quanto eu.

quase

era pra sempre,
mas você criou o fim
porque a morte demora.

— *cuidado* —

nada é por acaso,
mas nem tudo é amor.

querido D.,

nosso suor é a prova de que dentro de nós há algo que não foi feito pra pausar.
que a paixão é movimento,
que o desejo é um vulcão em erupção pelos poros da pele.
e que, mesmo que a física diga que dois corpos não ocupam o mesmo espaço, a gente sempre dá um jeito.

vejo sua roupa caindo aos poucos como se o tempo parasse.
vejo a miragem do seu corpo nu na minha cama, aberto, pedindo mais. pedindo pra eu me deitar junto de você e silenciar o mundo desabando lá fora.

a chuva caindo e a gente querendo o sol.
minha saliva te molhando feito o mar: pele, língua, e os movimentos como ondas, o cheiro de maresia abraçando o quarto.
não sinto vontade de te soltar, não sinto vontade de ser outra coisa que não sua, não sinto vontade de pensar se é ou não pra ser.

porque, ali, a gente é.

respiro o seu silêncio, me alimento do seu gemido, prometo voltar. mas vou embora com meu corpo repleto de dúvidas, como se minhas certezas permanecessem no gozo do seu lençol.

então as coisas mudam, a gente se afasta e meu orgulho me faz dar meia volta bem na frente da porta da sua casa. meu corpo briga com o coração, que briga com o cérebro, e eu entro em guerra. dou a ela o seu nome. e a minha cama diminui quando deixo de fora os sonhos que tenho contigo.

queremos um ao outro, mas temos medo.

no fundo, a gente sabe.

prece

sei que, às vezes, você pede a deus pra que ele te ajude a
esquecer,
a superar,
a ressignificar.

você pede por novas paixões,
por alguém que te devolva o frio na barriga.

mas por que quando ele atende o seu pedido,
você o ignora?

outra pessoa

não quero que você se arrependa de ter me perdido porque percebeu, tarde demais, o quanto eu me encaixava perfeitamente no seu toque e no seu coração.

não quero ser a pessoa que vai te ensinar a valorizar quem te ama.

não quero precisar ir embora pra você se redimir com alguém.

asfixia

continuo sufocada,
engasgada com as palavras que engoli
pra manter seu ego intacto.

onde nasce e morre o amor

encaro a tela esperando que meu cérebro esqueça seu rosto, esperando que meus dedos escrevam algo que não seja sobre você.

mas quando pego o celular e a primeira coisa que vejo é uma foto sua, falho e perco o foco.

parece que você sente, que percebe quando tomo coragem pra ir embora e brinca comigo.
me provoca.

mesmo quando digo pra todo mundo que cansei, que detectei os sinais de perigo a tempo e consegui ser inteligente o suficiente pra cuidar de mim, não consigo acreditar no que sai da minha boca.

sempre que te vejo passar – mesmo que do outro lado da rua –, tenho a sensação de corpo quente e vento no rosto, como quando era criança e brincava na calçada sem preocupação alguma.

e a noite nem precisa ter estrelas pra ser linda. você marca o ar como aqueles aviões que deixam rastros brancos no céu. nessa hora, posso jurar que vejo o amor materializado saindo de você, e entendo como é fácil esquecer de te esquecer quando sua boca fica a poucos centímetros da minha.

mas logo depois de analisar cada traço do seu rosto, desde a cicatriz que ficou como herança da infância até a linha da sua boca, me lembro das suas palavras rasgando o meu peito.

lembro das letras, juntinhas, dizendo que tudo o que você menos quer agora é compromisso.

só que eu me apaixonei por você.
esse foi o meu erro. e é por isso que estou indo embora.

cansei de fingir.

narrativa

você conta a história do fim com um sorriso
por ter penetrado entre minhas pernas
ou com dor por não ter chegado mais perto que isso?

superpoder

queria ter o poder de jogar meus cacos pro alto
toda vez que alguém me fizesse em pedacinhos.

transformar toda essa dor em um céu estrelado.

ioiô

eu sei que você nunca fica,
mas ainda tento entender o que sempre te faz voltar.

bestialidade

conheci a covardia quando ela vestia bermuda e camiseta.

ela estava na cozinha, um corpo masculino, e eu e mamãe nos escondíamos no quarto dos fundos.

minha irmã nos pedia paciência, não podia negar a conversa. pelas crianças. pelo passado. pelas inúmeras ligações com o intuito de resolver as coisas.

a covardia chegou e, pelo tom, eu sabia que nada tinha mudado.

a voz ameaçadora.
o corpo feroz.
o cheiro da podridão.

em menos de cinco minutos, a primeira ameaça veio. o dedo avançando pro rosto. e quando o grito ecoou, em meio ao choro após o primeiro soco na boca, nós saltamos pra defendê-la. a covardia colocou a mão nas costas, na altura da cintura, fingindo estar armada.

a covardia é patética. tem medo da união feminina. tem medo de outros homens. da polícia. de morrer sozinho. de apanhar como bate. de perder a fama de machão. de ficar sem dinheiro. de ver sua própria máscara no chão.

quis estragar minha vida e enfiar uma faca na barriga dela, chutar sua testa até ver sangue, arrancar seus pés pra que nunca mais pudesse andar. e foi assim durante muitas semanas. mesmo após a separação. mesmo após a denúncia que, de tão burocrática, parou na metade.

mas a maior dor é a de quem vive sabendo que é detestado por todos — e essa a covardia já tem.

que triste é saber que, de todas as pessoas do inferno, você fará parte do grupo dos que não têm ninguém pedindo pela sua alma.

— *aos homens que agridem mulheres: nem o nosso perdão pode salvá-los.*

fim

amor é liberdade.
por isso, toda vez que eu te implorava pra ficar,
sentia nossa morte se aproximando.

surpresa

corri até você procurando o remédio para as minhas feridas, mas seu amor era sal.

antes era sobre nossos términos, agora é sobre o nosso fim

não vai passar agora e, pra ser sincera, não sei se vai passar um dia. ainda não cheguei lá.

o que sei é que, no começo, a fome desaparece.
tentamos enfiar comida goela abaixo porque todo mundo insiste que é necessário – e eles estão certos.
mas não é tão simples.

essa vontade de querer entender o que não há explicação plausível, essa ansiedade de não saber quando é que passa – é isso que acaba comigo.

parece que nosso corpo está sendo controlado, que tudo é mais forte que nós.

nas primeiras semanas é difícil respirar, conseguir dormir, achar graça nas coisas, manter o interesse vivo, ter ânimo pra sair da cama.
é como se o caminho até a mercearia da esquina equivalesse a uma corrida de dez quilômetros.

tantas coisas passam pela cabeça.
tantas coisas boas, mas que agora machucam.

alguns términos doem mais que mortes.

talvez porque todo fim seja uma morte.

onde eu errei?
o que eu poderia ter feito pra te fazer ficar?

a cabeça se enche de perguntas que dificilmente terão respostas.
mas, aos poucos, elas são substituídas por uma quase aceitação:

alguma coisa poderia ser feita?

nessas horas, o "não" está entalado na garganta e, até sair, há
muita faringe pra percorrer.

até sair, queima.

é engraçado,
no dia a dia mal notamos as batidas do nosso coração,
mas, na queda, parece que ele se vinga e palpita com força
só de sacanagem.

deixar ir dói.
é duro.
mas é a única coisa que a gente sabe que deve fazer.

pena não vir acompanhada da certeza de que ainda
conseguiremos amar de novo.

conseguiremos amar de novo?

falácia

entre as minhas pernas
você fez promessas
que jamais poderia cumprir.

me pergunto se a sua consciência pesa
por ter sujado minha parte mais sagrada
com seu gozo mentiroso.

cautela

eu nunca amarei alguém como te amei – mas não porque você foi a coisa mais linda e emocionante da minha vida. você não é tão importante. quem te amou, amou pela primeira vez e mergulhou de corpo e alma, se machucando tanto que aprendeu a não repetir a dose.

não posso amar ninguém como te amei porque você é o lembrete mais forte do quanto eu preciso apreciar meu universo antes de conhecer outros mundos. aquela versão impulsiva de mim mesma morreu ao se jogar no seu peito. pelo visto, você era raso pro meu mergulho.

no seu peito, morri e renasci outra – a pessoa que, antes de mergulhar, mede a profundidade com os pés.

núcleo

eu sou o amor materializado, que ronda a terra e abraça as pessoas com toda a delicadeza que podemos entregar a alguém. o humor que seca as lágrimas que caem pelo rosto e a esperança desenhada, de giz, no asfalto rachado da alma.

eu sou o frescor de um banho de cachoeira num calor de quarenta graus. a quentura da lareira ligada em noites frias da serra carioca. o alívio de olhar pro lado e saber que temos alguém com quem contar. a maciez do vento quando toca a pele na saída de um túnel.

eu amo com fome, desejo com sede, acaricio com coragem, e o meu ódio nunca veio desacompanhado do perdão – mesmo que, por vezes, ele tenha andado um pouco atrás.

eu não sei olhar com desinteresse.

sou feita de sonhos que ditam como irrealizáveis, mas nunca desisto. sou a saudade grudada no encontro, o sorriso que nasce quando a lágrima toca o primeiro lábio e alguém nos faz rir.

os meus olhos carregam a animação de uma torcida inteira após o gol da vitória.

mas quando caminho pelas ruas – sem postura, gordurinhas por baixo da blusa, o cabelo que raramente sai bom nas fotos, os seios grandes, a bunda pequena, espinhas, celulites e estrias – não passo de alguém que as pessoas mal veem. e não teria problema, se isso não fizesse com que eu também não me enxergasse.

reencontro

por baixo da animação ao te dizer que tenho vivido dias
incríveis, mora alguém que não aguenta mais fingir que não
se importa só pra fazer parte do seu jogo. nós já passamos
por isso, sabemos como é cruel.

a gente se reencontra,
conversa,
põe as cartas na mesa e finalmente vomita todas as mágoas.
depois de meses, nos sentimos aliviados.

você fala sobre um filme que é um recorte da nossa história
e diz que não quebrará a promessa de me amar pra sempre.
eu digo que quero que você a quebre, pois só assim será feliz.
minto na cara lavada, porque quero pular em você e gritar:

> *não desista de nós!*
> *por favor!*
> *ainda dá tempo!*

por que não temos coragem de dizer que gostaríamos de
tentar de novo?

- alerta -

não é amor se você tem medo dele.

criatividade

minha capacidade de criação é descomunal.

inúmeras vezes declarei transbordar
enquanto o meu peito
– desguarnecido –
congelava.

é que eu te amei tanto
que o que não existia em nós,
o meu desespero inventava.

inércia

me sinto tão só e desacreditada que, às vezes, é difícil seguir
em frente. parece que o mundo colou meus pés no chão
pra que eu vivesse a mesmice enquanto todos continuam
caminhando.

os vejo potentes.
os vejo sanguinários.

sinto meu sangue ser sugado.
me falta *força*.

é como se eu fosse apenas um quadro no museu.
eles me observam e eu os observo, mas, depois que cansam,
eles vão embora.
e eu continuo parada no mesmo lugar.

mistério

te escutei falar sobre os milhares de amores que teve,
só nunca entendi por que não me tornei um deles.

de todas as coisas que nunca tive, você foi a que eu mais quis

reparei no seu olhar quando cheguei pela porta de mãos dadas com outra pessoa.
senti a tensão dos sorrisos de canto de boca:
o seu, ao perceber que tem quem queira.
o meu, dividido entre te deixar acreditar ou revelar a verdade.

dançando feito loucos no mesmo ambiente, eu era uma mistura de "não ligo" com "não acredito que ele ainda me atinge".

às duas da manhã, nossos corpos estavam frente a frente e eu saboreava o gosto da sua boca grudado na borda do meu copo.

esse teatro nunca nos levou a nada.
a vitória é perpetuamente do zero a zero,
mas a gente joga pra ter com o que sonhar.

no abraço de despedida, minhas mãos sentiram a corrente elétrica das suas costas e te apertaram com força num encaixe mudo até a ponta dos meus dedos se molharem.

é certo que existe algo no espaço que nos separa,
alguma coisa que me faz acreditar em estrela cadente e biscoito da sorte – mas não é nada que possa ser vivido.

é apenas algo que a gente tem que fingir que não percebe pra não sofrer à toa.

enraizou

não estaremos completas enquanto nossas irmãs acreditarem
que o tamanho das nossas roupas nos transfere culpa
quando, na verdade, somos vítimas.

reminiscência

guardo nossa memória na parte mais sagrada do meu corpo, porque é tudo o que restou. a memória de quando você nos fez andar tanto pra depois perceber que caminhávamos na direção errada – eu deveria ter percebido ali, naquele sinal sutil do universo, que nós também seguíamos por caminhos errados.

de quando, na praia, você dormiu e eu cuidei das coisas, dos cachorros, olhei o mar. ri do seu sono pesado. de quando te fiz chorar e rir nos primeiros minutos do seu penúltimo aniversário, do presente que te dei.

guardo nossa memória na parte mais sagrada do meu corpo pra ocupar o espaço que seria preenchido pelo futuro, pelas suas estreias das quais não farei parte, pelas respostas aos outros quando me perguntarem se você é mesmo tudo o que eu dizia.

uma vez você me disse que é preciso cortar o laço que nos liga ao passado e eu, sem fazer ideia de que algum dia você teria que ficar pra trás, aceitei como verdade. assim como aceitei que é preciso levar a vida com humor, embora toda vez que eu ria, minhas pernas tremam, porque dói te lembrar, te viver.

não me arrependo de ter me doado tanto, mesmo que o tenha feito sozinha. apesar de tudo, aprendi muito com você, com o seu modo de ver a vida. embora o peito esteja arranhado, desejo que sua risada ecoe entre os arranha-céus.

você teve o seu final feliz e isso me alegra, porque é a prova de que o amor é grandioso, de que milagres existem. mesmo que eu não tenha estado lá pra ver.

nó

talvez esse nó na garganta esteja aí
porque você continua vendo o que não deve
e ignorando o que precisa.

às vezes,
a felicidade mora naquilo que jogamos fora.

e a gente sempre se joga fora quando se esforça demais pro
outro permanecer.

saudade

quando seu coração cresce tanto que engole suas entranhas,
entope as artérias, sua garganta e te impede de respirar
até você se tornar só ele:

pulsante, sangrento e ensurdecedor.

misericórdia

o que pesou não foi olhar pro apartamento em volta e perceber que acabou. o que me estilhaçou foi ter de aceitar que mesmo que eu te veja outra vez, você não será aquela pessoa que fazia danças estranhas pela casa. que comia sorvete sabor "ice blue" – cheio de corante que ninguém pede.

você não percebeu, mas a verdade é que me rasgou o peito saber que aquela era a última vez que eu te veria com olhos de amor, porque, dali pra frente, te tirar de mim seria um desafio diário.

enquanto meus discos eram encaixotados, o medo só me fazia pensar que meu mar passaria por um longo período de ressaca.

quando você me deu aquele abraço frouxo, com os braços frios, meu corpo morreu de hipotermia. chorei sem vergonha de desmoronar. você não entendeu, nem fez questão de tentar. achava que o motivo era óbvio, que me compreendia.

o seu descaso me convenceu a cometer o pior dos pecados: por sobrevivência, não me permiti continuar a amar quem eu mais amava.

naquele dia, aprendi que as desconexões podem nos roubar coisas inimagináveis.

você levou a minha misericórdia
e a única forma de recuperá-la
era te perdoando.

deus só me perdoaria por assassinar o sentimento mais raro que ele criou se eu perdoasse quem me fez acreditar que o amor não passava de uma mentira.

o problema é que eu quis e quero muito,
mas agora,
admito,
não sou capaz.

acerto

pra onde vai a nossa fé
quando dizem que a melhor coisa que já nos aconteceu
foi um erro?

digestão

passo alguns segundos parada
tentando digerir o que minha mente fala ao coração.

ela diz
"foge! foge! foge!"

mas me faço de desentendida e
fico! fico! fico!

intruso

o amor, na maioria das vezes,
é aquela visita indesejada pra quem faço sala,
mas em silêncio, suplico: vá embora!

início, fim e tudo o que há no meio

do primeiro gole de cerveja – e o primeiro trago, o momento em que saio da mesa, o minuto em que entro no carro – até chegar em casa e me deparar com o vazio, tem você.

e não sei se foram os vários goles, mas você é tão bonito quando não se esconde por trás dos seus jogos!

te conquistar é quase um jogo da vida ou detetive. e eu estou sem peões. sem armas do crime. você me deixou indefesa, totalmente à mercê do seu olhar – que se transforma quando me toca, quando finalmente se rende, quando somos muito mais do que eu e você e esse abismo que nos separa, quando passamos a ser "nós" e nada além disso.

entre o início da noite e o momento em que deito, me dou conta de que gostaria de te ter por mais que algumas noites por semana numa mesa de bar.

e como eu queria poder te contar como a sua risada soa como um coral. como seu toque é um carinho dos deuses. e como é bom finalmente sentir que pertenço a algum lugar quando seu abraço me enlaça.

não é à toa que crio fantasias, te escrevo poesias, me deito sob lágrimas e, ainda assim, acordo enfeitiçada pela esperança de sermos algo mais.

"é amor!", falo baixo pra que não amaldiçoem esse sentimento.

fecho os olhos,
a noite acaba
e você nem sabe.

a agonia de sufocar algo maior que nós

crio dezenas de frases toda vez que você aparece e, na tentativa de reduzir o nosso essencial a pequenos pedaços de papel, escrevo bilhetes inconscientemente prontos pra serem perdidos. varro a casa, encho a lixeira e o desejo nunca esvazia.

as paredes do quarto me encaram como quem cobra promessas. me pergunto se os seus quadros aceitaram fácil a minha ausência. aqui, as portas travaram. a esperança não sabe se entra ou vai embora.

fingindo dormir, me pergunto como é possível sentir o peito vazio enquanto transbordo amor, como é possível te ver em todos os lugares se você não está em nenhum. é um desperdício ter o coração capaz de suportar o mundo e manter todos os assentos reservados à sua disposição.

quando sua ausência me tira da cama, percebo que o pior ainda está por vir. a queda é longa, você me elevou demais. parece o fundo do poço, mas ainda vai demorar pra que minhas costas toquem o chão. o abismo mais perigoso do universo são as reticências.

só a minha língua sabe o gosto do desespero e da felicidade que é te ter. só ela experimentou as minhas lágrimas e o teu suor. só o meu corpo sabe como é se perder nos seus lençóis e não ter coragem de pular a janela pra me encontrar de volta. só os meus dentes sabem a maciez de morder a felicidade em forma de gente.

quando te penetrei foi como se tivesse saído do aeroporto mais caótico da terra e finalmente sido acolhida pela cidade. a paz que eu procurava estava do seu lado avesso. era tão bonito os nossos silêncios casados, um dormindo na cama do outro. sua respiração ainda é meu som favorito – especialmente a ofegante em cima de mim.

me apavora constatar que alguém me destrói e reconstrói em questão de segundos.

descaso

você é tão indiferente a mim que se desconfiasse que seu
olhar é o motivo da minha alegria,
fecharia os olhos.

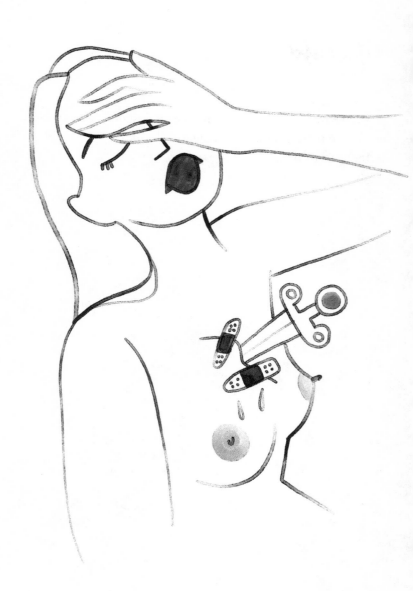

infecção

te amar é como enfiar uma faca no peito
e esperar que alguém cuide da ferida.

infeccionou.

bolha

a vida nunca foi justa com quem sente demais.

não permito que você me veja por inteiro porque sempre foi mais fácil manter uma distância segura daqueles que pudessem me atravessar – e eu não sei se consigo lidar com a dor de quebrar novamente.

não se culpe por não conseguir enxergar além do que mostro:
o que sobrou é exatamente o que não te deixo ver.

cabelo bom

enquanto tentavam alisar seu cabelo
 te fizeram acreditar que a vaidade dói
– *pra ficar bonita tem que sofrer* –
com isso, você cresceu detestando sua aparência.
com isso, você cresceu pensando que não era boa o
suficiente.
mas você sempre foi.

a prova disso é que – sob aplausos – vivem usando o que
sempre criticaram no seu cabelo.
prova disso é que, agora, seu cabelo é *moda*.

tentar te diminuir foi a forma que encontraram pra te fazer
desistir de assumir a herança dos seus ancestrais.

como sempre, não poderiam deixar de querer abocanhá-la.

pisotear

há quem me olhe
e diga que ainda vê muito de você em mim.

você deixou sua marca no meu coração de uma forma que
ainda lateja.

devo contar ou não
que essa marca você fez com o pé?

machucado

nós viramos aquela bolha no pé
que aparece depois de um tempo com um sapato apertado.
incomoda,
arde,
dói,
mas ninguém tem coragem de estourar,
porque acabar com ela
parece pior que deixá-la ali.

peito pesado

desta vez você não me fará partir com o peito pesado,
culpado por ter te doado mais do que poderia carregar.

amor não pesa.

se pesou pra você, não foi culpa minha.

se pesou,
talvez seja porque tudo que você prometeu
nunca saiu daí de dentro.

rima I

lutei tanto pra conquistar o meu espaço,
pra você chegar e querer diminuir meu passo?

por mais amor que eu sinta,
não vale a pena me deixar de lado.
não vale a pena te valorizar
e viver com o coração trincado.

o que não cabe no meu peito,
escorre pela minha boca.
mas como você me levaria a sério
se eu pareço uma "feminista louca"?

não dá pra ter tudo, lindo.
ou eu tenho liberdade,
ou pode ir partindo.

você talvez faça falta,
mas meu coração será leve depois disso.
ele pode até sangrar,
mas a "feminista louca" aqui
aguenta o seu sumiço.

você é a evidência de que meus cacos também amam

queria que você me virasse do avesso e descobrisse que o
meu silêncio é um grito
que soubesse que meu peito musicou os fonemas do teu
nome
que esbarrasse nos sonhos que tenho contigo e cogitasse
ficar.

queria que você deixasse de lado a certeza de me ver
transparente e se empenhasse em me enxergar inteira,
porque sempre fui boa em pique-esconde,
e o pedaço meu que poucos veem
guarda o seu sorriso.

mas você é como uma cegueira em forma de gente.
é o que existe entre a saudade e o desespero.
é o que existe entre o meu corpo e o chão.

não sei se você é a força que me puxa pra baixo
ou a maciez que me protege da queda.

silêncio

você olhou nos meus olhos e disse que, se pudesse,
falaria pro mundo todo o quanto me amava.

só esqueceu que nada te impedia.

você

a sua maior beleza não está fixada
no que os olhos podem ver.

ela está na forma como você fala sobre algo que ama.

está no sorriso que dá
quando lê qualquer coisa que faça o seu coração acelerar.

está na forma como você se importa com as outras pessoas
– ainda que nem sempre seja recíproco.

está no seu jeito de se reinventar a cada dia,
mesmo que, no anterior, tenha desistido de si.

a sua beleza está na gentileza do seu olhar,
mesmo que a vida não seja nada gentil.

e eu sinto muito por você nunca poder apreciar isso.

estilhaço

te amo com um coração que, tenho certeza, é de ferro.
porque se fosse de vidro,
você já o teria quebrado.

rima II

ela gritou por socorro
e seu olhar transmitia desespero.
ele *espancou* a mulher,
não é exagero.

todos viram
e não fizeram nada.
mais um feminicídio
mais uma vida tirada.

sociedade podre,
que fecha o olho e fica muda.
não estende a mão
e corre da que pede ajuda.

em briga de marido e mulher,
ninguém mete a colher.
continue com esse princípio
e não sobrará uma sequer.

nunca entenderei

os ossos que quebrei
– já curados –
doerem toda vez que o clima muda.

o meu peito
– já cicatrizado –
latejar toda vez que você passa.

vidro

você deixou meu coração em cacos
e eu limpei tudo sozinha
pra você não cortar seus pés.

dor

pra alguns, é nas costas.
pra outros, no estômago.

a minha é uma pessoa.

excessiva

é uma pena
eu caber direitinho no seu corpo
mas ser demais pro seu coração.

término

escondemos os calmantes que nos fazem dormir
sorrimos com o coração ensanguentado
nos obrigamos a querer carne nova.

como podemos ser tão diferentes ao amar
e tão iguais ao sofrer?

sonho bom

sonhei que a gente se soltava das amarras
e você aceitava que no amor não há luta,
há entrega.

acordei.
me deparei com a sua covardia.

fogo

fecho os olhos e me lembro do seu corpo apoiado à mesa. do seu rosto expressivo.

fecho os olhos e me lembro do meu coração surdo pro futuro, sem perceber que a contagem regressiva já havia começado.

não deu tempo de sentir a primeira rachadura, não deu tempo de ouvir o barulho do isqueiro, não deu tempo de ouvir a ficha caindo.

percebi que havia me apaixonado por você enquanto o quinto maior museu do mundo ardia em chamas. quando a cidade chorava. quando da sua boca saíam palavras simples que jamais me destruiriam caso eu não tivesse pausado a terra pra estar contigo.

percebi que havia me apaixonado por você quando senti o nó na garganta. quando quis te abraçar até você sentir o ritmo do meu coração e, finalmente, decidir viver nele. quando senti o meu estômago latejar por eu não ser *ela*.

percebi que havia me apaixonado por você quando, em silêncio, decorei o contorno da sua boca, até o chão se abrir, porque – eu sabia – era o fim.

me despedi de você sem que seu corpo soubesse.
me despedi de você sem que seu cérebro entendesse.
me despedi de você com os olhos brilhando mais que
nunca, não pelas lágrimas sufocadas, mas porque foi a
primeira vez que te olhei sabendo que te queria bem mais
do que tinha.

me despedi de você num espetáculo digno dos grandes
filmes de amor:
ardendo.
transbordando.
queimando.
me transformando em cinzas.

renúncia

desisto de tentar te salvar.

não faz sentido estender a mão pra quem acha
que consegue escalar sozinho as montanhas de si mesmo.

rota de fuga

a gente se perdeu
no instante em que nossos olhares se entrelaçaram.

mas não me revolto.

sinto que, mesmo se fôssemos avisados,
– mesmo assim –
de nada adiantaria.

se rasgarem a minha pele agora,
encontrarão a sua mão bombeando o meu sangue,
encontrarão o seu sorriso derretendo a minha rota de fuga.

e é por isso que,
mesmo não devendo,
eu fico.

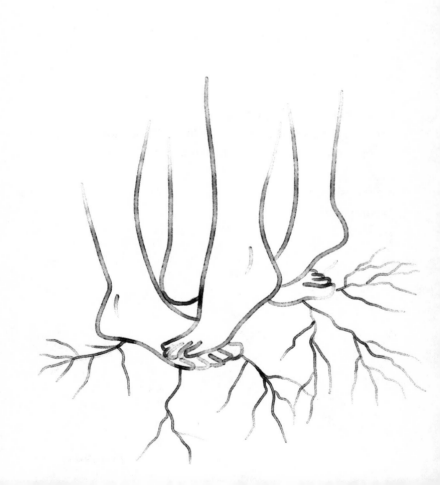

abalo sísmico

toda vez que eu te vejo
um terremoto nasce na planta dos meus pés
e balança cada fio da minha cabeça.

um desastre natural de alcance catastrófico.

eu queria

ser essa pessoa que sai, se interessa por alguém, pega o telefone e nunca liga, não envia mensagem.
simplesmente esquece.

eu queria ser essa pessoa que não atribui significado
aos encontros que fazem o corpo arrepiar dos pés à cabeça.
que não lembra do rosto. da sensação de pele na pele.

que não perde tempo contando aos amigos detalhe por detalhe.
que leva pro dia seguinte apenas a ressaca da noite anterior.

eu queria ser você.

sobrevivência

você nunca mais estará naquele espaço invisível da minha
pele.

ela nunca mais será alvo do seu toque
do seu desespero em querer que cada parte minha sinta cada
parte sua.
das suas unhas cravadas.
do seu olhar.

e isso dói.

dói porque eu nunca quis deixar de ser tua, mas preciso
– e, desta vez, por inteiro.

ecos

eu queria que o universo ecoasse com o nosso amor,
mas o que ecoou foi apenas a minha voz,
dentro do peito que fiz questão de esvaziar
só pra te receber.

— você não veio.

exame

você me explicou seu jeito,
suas manias,
cada história por trás das suas tatuagens
e das suas cicatrizes.

eu decorei seu cheiro,
sua essência,
o significado de cada sorriso.

mas me diz,
por que você me preparou pra uma prova que eu nunca tive
a chance de fazer?

manias

você tem mania de oferecer
mais amor aos outros do que a si mesma.
e é por isso que seus cacos são sempre cacos.

você nunca se reconstrói porque passa tempo demais
tentando colar o coração de outras pessoas
enquanto elas
quebram o seu.

rir de tristeza

me desespera pensar que pode ser verdade
que ainda posso amar alguém mais do que eu te amei.

eu te dei todo o meu perdão
toda a minha energia
a minha paciência.
eu te dei tempo pra desabrochar.
eu te dei poder.

me desespera pensar que pode existir alguém capaz de me
estilhaçar em pedaços ainda menores,
que não cheguei ao fim do poço,
que há dor ainda mais próxima da morte.

me desespera pensar que, antes da linha de chegada,
eu possa já ter desistido de tudo.

saída de emergência

minha criatividade não é infinita.

esgotei a criação de motivos pra ficar
quando tudo o que você faz é me apontar a saída.

não dito

você nunca disse que acabou.

você deixou sinais pela casa
pra que eu os decifrasse.

eu nunca disse que acabou,
só te dei voz.

última rima

então você se acha engraçado?
acha legal fazer piada com estupro e assédio sexual,
mas a brincadeira perde a graça quando falam do tamanho
do seu pau.

sua mãe anda na rua
com medo de caras como você
que dizem respeitar as mulheres,
mas quando podem fazer algo, cadê?

sua consciência não cobra
porque "é só uma piada",
você não entende que objetificar alguém
é reduzi-lo a nada.

estou cansada de homens como você,
que acham que idiotice se resolve com buquê.

enfia o buquê no cérebro
pra ver se floresce a sua mente,
porque eu quero andar na rua olhando pra frente.

um dia como qualquer outro

foi num dia comum, daqueles em que a gente chega do trabalho, liga a TV e desliga a atenção do mundo.

foi quando ouvi o silêncio.

meu peito não gritava o seu nome. meus tímpanos estavam em paz. eu fechava os olhos e seu rosto não era a primeira coisa que aparecia.

pensar no futuro e não te visualizar nele não me destroçava. eu repetia o seu nome em voz alta e as minhas cordas vocais não falhavam.
o meu cérebro estava aliviado.

foi numa terça-feira daquelas em que a gente não espera nada que eu rabisquei no calendário o dia em que
pra você
seria tarde demais.

o dia em que eu te esqueci

o amor é espírito livre

precisei de todo esse tempo implorando por tão pouco
pra entender que não se pede o que é dado de coração.

ir

a decisão de ir pode machucar,
mas ficar
te destruiria pra sempre.

*- talvez o mundo
não mereça meu amor -*

mas eu não ligo,
porque eu mereço o mundo
e faço questão de mudá-lo.

raízes

passei tanto tempo acreditando que você era a parte que
faltava em mim
que nunca me dei ao trabalho de pensar que o buraco que
eu tinha no peito só poderia ser preenchido por partes
minhas que nunca cultivei.

obrigada por ter ido embora, por me tirar da zona de
conforto.
doeu sentir minha pele rasgar pra libertar as raízes,
mas florescer me fez aprender que a salvação pros meus
tormentos
nunca estará em ninguém além de mim.

protagonismo

às vezes, me esqueço que a protagonista sou eu
e que esta história não é sobre você,
sobre como entrou pra me marcar,
sobre como vai embora e depois volta.
é sobre mim – e você é só um passageiro no meu trem.

é sobre me descobrir,
me tocar e saber aonde é que me arrepio,
porque o meu corpo sabe se contorcer sem o seu toque.

existi antes e vou existir depois do seu vendaval.

é que eu nunca te disse:
sou muito mais do que o amor da vida de alguém.

o meu roteiro se estende depois do final feliz.
os créditos não sobem
– e o meu filme não termina quando você finalmente segura
a minha mão.

que a vida te abrace como o sol nos toca a pele em dias quentes

quando te conheci, algo na sua aura me antecipou que
teríamos uma conexão importante, por mais que eu não
saiba ler auras.
ou mãos.
ou rostos.

talvez tenha sido o brilho da sua confusão misturado às
luzes
– que, ao fim da noite, eu não sabia se saíam de você, de
mim ou do teto.

a verdade é que não perco mais o meu tempo procurando
motivos para as coisas.
elas acontecem e ponto.
então, o que importa é que eu soube.
eu simplesmente soube.

certa vez, você me disse que o seu corpo era uma tela em
branco – sem tatuagem alguma – e essa pureza morava na
minha cabeça.
agora, aos poucos, minha memória tem sido preenchida
pelo seu jeito de me elogiar quando poetizo a vida,
pela sua marca de nascença,
pela sua cara séria que me faz facilmente acreditar que você
sabe tudo sobre a humanidade,

pelo seu rosto de pernoite e cabelo despenteado às duas da tarde.

tem sido bonito acompanhar a pintura dessa obra que nunca estará no Louvre,
mas que enfeita a parede mais bonita da minha alma.

sei que quando te assisto desabotoar os primeiros botões da sua camisa, meu olhar provavelmente te assusta.
mas é que não consigo deixar de pensar que, se realmente existiu outra vida, eu certamente fui apaixonada por você.

porque, por um triz, não fui apaixonada nessa.

botões

não sou feita de veludo
pra você tocar por puro prazer.
sou feita de pequenas flores,
fechadas e inacessíveis
que podem se abrir e te encantar com a beleza
ou te assustar com os espinhos.

jardim

você faz flores nascerem onde medos foram plantados.

fora de moda

minha barriga está cheia de verdades — as engoli enquanto transparecia versões irreais de mim pra conquistar gente que deveria se interessar pelo que verdadeiramente sou, não por um personagem adotado como modo de sobrevivência.

meu tronco mostra cansaço, e sei que preciso emagrecer das minhas invenções até a realidade ser revelada, até o peso de ter que ser se transforme na naturalidade de existir.

e eu nem sei quando parei de ser quem sou pra agir de outra forma, quando tudo o que mais queria era justamente encontrar alguém igual a mim. vivo dizendo que as pessoas não facilitam, mas olha eu aqui sendo uma mentira em vez de facilitar.

a gente procura nos outros mentiras iguais às nossas.

da boca pra fora a gente finge que não se importa, que tudo bem o outro sumir do nada, que tudo bem não existir explicação, que tudo bem sermos só mais uma porque a modernidade é assim, mas sempre tem aquele dia, aquela pessoa que machuca.

mas como ficar? são só duas mentiras se amando, duas pessoas frágeis escondidas atrás daquilo que as faz parecer fortes.

e ser forte é dizer que não se apega antes mesmo de ver qual é? é pular pra ver o celular e fingir que não viu só pra não demonstrar interesse além da conta? é fingir estar bem com acordos que não soam confortáveis? é dizer que não quer algo sério justo pra pessoa que te faria repensar?

quem é que a gente tenta enganar? mentir pra si mesmo faz doer menos?

eu tô enfiando o dedo na garganta que é pra vomitar toda essa superficialidade que me faz mal. tô com um martelo quebrando todo esse muro que me impede de transbordar, de encarar meus medos de frente e me obrigar a lidar com eles, de sentir que é de verdade.

te pergunto de novo: quanto tempo faz que você não sente que é real? que alguém se importa contigo quando pergunta se você está bem? que alguém vive algo bobo e corre pra te contar? que alguém te envia qualquer foto engraçada sem dizer mais nada e você ri porque entende? que alguém não te cansa? que alguém te faz gargalhar e, naquele instante, você não se preocupa com o som estranho da sua risada porque o outro não vai deixar de gostar de você por isso? que você não fica com alguém pela aparência, pela pilha dos seus amigos, mas por querer estar perto? ou que você deixa de dar moral a alguém que te trata da melhor forma pelos mesmos motivos?

você já percebeu que quando alguém verdadeiro chega, seus olhos já não reconhecem e aí essa pessoa vai embora carregando tudo aquilo que seus pensamentos pedem ao universo?

quanto tempo faz que você não sai nua de alma e encontra outra alma nua – independente se for uma noite ou um mês? quanto tempo faz que você se trancou nesse falso cuidado que te impede de transbordar, de sentir frio na barriga, de sentir que a vida é boa? quanto tempo faz que você diz que não sente nada quando algo existe, mesmo que pequeno? quanto tempo faz que você não deixa alguém incrível ir apenas porque não entende o que sente? quanto tempo faz que você não se acha incrível o suficiente pra viver algo real? quanto tempo faz que você não se dá, de verdade, oportunidade de se apaixonar? quanto tempo faz que você se fechou esperando alguém que não vai voltar só porque as lembranças são boas?

eu cansei de bater a porta na cara da beleza, do novo, só porque eles assustam.
não quero mais deixar de viver o presente por medo do futuro.
eu quero desobedecer minha autossabotagem e buscar o que é meu.

às vezes, a gente precisa dar o primeiro passo, precisa pular primeiro na piscina gelada, em plena madrugada, e jogar água convocando os amigos.

às vezes, a gente precisa tapar os ouvidos pra razão e abrir o coração pro mundo – permitindo entrarem nele, fazerem a festa – e dane-se a bagunça do dia seguinte.

às vezes, a gente precisa ligar, dizer que tá com saudade e ficar horas conversando coisas irrelevantes pro mundo. a gente precisa aceitar sair e vestir a melhor roupa – não a primeira que não precisa passar. a gente precisa escolher melhor o que nos causa medo, porque temos gasto o tempo da seleção deles dispensando felicidades.

às vezes, as melhores histórias não surgem da festa, não surgem daquela pessoa que você jurava ficar junto pra sempre, mas de quando a gente pega a vassoura, olha pro lado e percebe que não tá sozinha ou de alguém que você jurava não dar nada e, de repente, te conquistou da cabeça aos pés.

não quero ser a garota *cool* solitária, prefiro ser aquela que vez ou outra se ferra, mas, no fim das contas, carrega a sensação de que aproveitou muito.

dessa vez, não vou atrás só das coisas boas, eu me abro pro ruim também. dane-se – é inevitável mesmo. quando eu tiver que sofrer, eu vou sofrer. quando eu tiver que rir, eu vou rir. tudo bem.

o importante é que o que marca a alma sempre vale a pena.

nenhum passado é todo colorido. o presente também não e - adivinha só – o futuro passa longe disso.

nocaute

você me golpeou com seu sorriso
de uma forma que soco nenhum seria capaz.

e me olhou daquele jeito intrigado,
rasgando o meu peito com batimentos cardíacos.

foi naquele instante que o meu silêncio aprendeu a dizer:
por favor,
não pare.

mais

fico nervosa por não entender o que sinto por você.

pela primeira vez, não tenho controle sobre mim.

fico assustada ao perceber que ver você faz meu coração palpitar duzentas vezes por minuto. quando você se aproxima, tenho vontade de admirar o seu rosto de todos os ângulos possíveis.

passo manhãs me imaginando com a cabeça no seu colo.
erguendo as mãos pra tocar o seu rosto.
acreditando fielmente que ele é o céu.

minhas pupilas dilatam só de ouvir o seu nome. ele me faz gaguejar.

mas, mesmo que as palavras embolem, quero me abrir pra você, porque ainda não é amor.

e isso significa que,
se você quiser,
ainda podemos ser mais.

supernova

sou mais do que a poesia pode dizer.

sou a inconsequente vontade de amar
e o incontrolável medo do fim.

sou a chama do purgatório
queimando as escadas do paraíso.

sou um buraco negro no meio do espaço.
quando o amor decide me encarar, eu não ardo.

eu explodo.

autoperdão

te perdoo por todas as vezes em que coloquei alguém na sua
frente
e te anulei de forma suja, estúpida e cruel.

te perdoo por ter passado anos sem te aceitar,
por ter te deixado em cada esquina,
por não gostar e não entender a sua companhia.

te perdoo por ter arrancado sua pele até te fazer sangrar,
só pra você se encaixar um pouco mais nos espelhos do
mundo.

te perdoo pelas humilhações que te fiz passar
quando tudo que deveria ter feito era ter te amado acima e
independentemente de tudo,
porque eu sabia que ao fim do dia e da vida
só haveria você por perto.

e eu estava certa.
você é tudo que eu tenho.

sem medo

hoje,
abri os olhos pro íntimo da essência e entendi porque me
prolongo nesse estado em que ora aprecio o presente
ora finco os pés no passado.

não quero envolver o meu corpo no que vem depressa
apenas pra não ficar só.

estou sozinha
e tudo bem.

leve o tempo que for,
não aceitarei amores medianos
como em tantas outras vezes.

demoro porque procuro alguém que me ame no sentido
mais puro da palavra.
na essência que poucos veem.

não estou atrasada pra lugar algum.

quero um amor que esteja acima de todas as relações afetivas.
onde o orgulho fique escondido no fundo da gaveta da alma
e não bloqueie o abraço.

o tempo,
aos poucos,
ensina que amar é levar a parceria pra além dos interesses.

quando amo,
deixo, pra sempre,
a mão estendida.

e você?

antes só

ainda não entendo como estar contigo
me parecia mais seguro do que ficar sozinha.

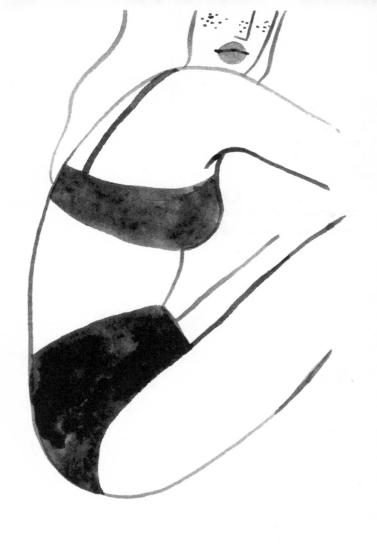

amparo

se amar é não forçar perdão ao que ainda corrói.

é ter paciência consigo.
é confiar que, em algum momento,
sua bondade falará mais alto.

mesmo que não seja agora.

de peito aberto,
o amor é pura consequência

este é o ponto em que aprendemos que todo amor é eterno, pois dura o tempo exato em que o nosso eu permanece igual.

aqui, após construirmos as colunas de um novo lar, não nos enxergamos mais aquela pessoa de antes, que chorava pelos cantos e temia o mundo por resumir a natureza humana ao que os olhos alcançam.

o peito finalmente pausou a dor e a vida coloriu como não achávamos que fosse capaz.
o sol nos banha a pele de euforia, as esquinas nos enchem de esperança e até o asfalto ganhou poesia.

o coração quase grita de ansiedade em amar de novo – o que nos faz repetir alguns erros e experimentar outros.

nos dias frios e chuvosos, a carência dançava em cima de nossas cabeças e tudo o que nos diziam era que, na hora certa o amor chegaria.

antes de dormir, nos perguntávamos: o que será que o amor está fazendo agora? qual será o seu rosto? onde vamos nos conhecer?

os pelos sentiam falta do arrepio. as mãos queriam calor humano. e a boca ia descobrindo novas línguas – algumas que só ficaram por um dia, outras mais.

aqui, a gente sabe que não passa do chão. nos jogamos com mais coragem, porque embora saibamos que haverá outras decepções, dores e redescobertas, a vida é inadiável.

que venham os novos amores. o peito aguenta.

voo

por tanto tempo me desmontei
tentando caber em pequenas caixas,
recipientes estreitos que nunca se adaptavam pra me
receber.

eu sentia que dobrar,
quebrar,
torcer,
amarrotar toda a minha imensidão pra estar em lugares e
pessoas que prendiam as minhas asas e me impediam de
voar
era o certo.

você era uma caixa vazia
onde eu me esforcei pra estar,
mesmo que,
pra isso,
eu precisasse conter o que sou.

apesar disso, não me culpo por ter passado tanto tempo
confinada.
porque, depois de você, aprendi a amar o meu próprio voo.

gaiola

seu amor me libertou
quando eu achava que amar era estar presa.

incêndio

aprendi a ver o fogo em meus próprios olhos
e acreditar que a chama que brilha em mim
é capaz de incendiar todas as minhas vontades.

ciência

você se senta no sofá de frente pra mim e discorre sobre coisas do cotidiano. eu te olho e me obrigo a prestar atenção enquanto o meu cérebro não consegue disfarçar a habilidade de amar cada pedaço teu.

te imagino com outros nomes, os mais ridículos da terra, mas cada um deles mergulha na sua beleza eletrizante e se faz lindo.

o ímã dos seus lábios prende a minha atenção. quero cobrir a sua boca com a minha. quero sentir sua maciez e revirar você. quero fazer nossos corpos ocuparem o mesmo espaço. quero quebrar as leis da física num espetáculo exclusivo aos nossos olhos.

mensagens da mente humana viajam pelos nervos em certa velocidade, mas te ver me transforma em recordista: as contrações musculares. o arrepio nas entranhas. os pelos da nuca ouriçados.

você veio do pó da estrela mais bonita e, por isso, meu peito te coloca acima da ciência.

"um quinto de segundo. doze áreas do cérebro ativadas
ao mesmo tempo. dopamina. ocitocina. adrenalina.
vasopressina. e pronto",
descrevem os cientistas sobre o que é se apaixonar,
excluídos da poesia de te conhecer. e eu não sei se rio ou
choro ao pensar: coitados, coitados...

cicatriz é uma marca que já não dói

te reencontrei num dia de sol,
quando as flores tomavam conta da cidade
e o vento trazia cheiro de esperança.

você depositou sobre mim seu olhar
como se nunca o tivesse tirado
e eu depositei sobre você
toda a minha saudade guardada.

você me perguntou dos meus dias
e eu quis falar da sua ausência.
eu te perguntei das suas paixões
e não houve nada além de silêncio.

tive medo de perguntar se você estava amando de novo,
mas me contive num sorriso porque te vi sorrir
como quando me pedia pra sempre estar contigo.
senti meu coração aquecer, em paz.
porque ali eu soube.

soube que, mesmo depois do fim, o amor ainda fazia parte
de você,
e entendi que tudo bem não estarmos mais juntas.

te reencontrei num dia de sol
e soube que o amor ainda existe dentro de nós,
porque foi esse o cheiro que ficou quando dobramos a
esquina.
porque foi esse o sentimento que ficou quando nos olhamos
de novo.
porque você poderia dobrar quantas esquinas fosse
que, ainda assim, o nosso amor sempre existiria,
porque a vida é assim:
nos tira a presença, mas deixa as marcas.

te amar foi o meu maior ato de coragem.
pulei os obstáculos só pra te ver de braços abertos.

– *ela*

lente

a gente deita na grama e aprecia as estrelas
– todas a anos-luz de distância –
mas não enxergamos o que está bem na nossa cara.

descoberta

deixa eu te abrir como uma flor,
passear com o nariz pela sua pele,
saborear seu gosto.

deixa eu te guardar embaixo da língua
e decorar o ritmo do vai e vem do seu corpo.

deixa eu te ensinar o que é fazer amor, porque,
até agora,
a vida só te mostrou o que é sexo.

preta

desta vez não colocarei o meu amor nas mãos de quem se
diz com medo de amar, de se abrir pro mundo, de se jogar
de cabeça. nada contra os doloridos – sei bem como é não
conseguir abrir mão da ilusão de estar seguro sozinho –, mas
é que eu já esperei tanto, por tanta gente. esperei a saudade
que nunca veio. o pedido de desculpas que chegou tarde. a
mensagem que não foi escrita. a importância que se perdeu
pelo caminho. o amor que, de tão grande, atolou.

esperei ser a que faria o enrolado se desenrolar; a capaz
de fazê-lo deixar de querer outras bocas por, finalmente,
desejar apenas a minha. a que ensinaria que o amor é leve e
que não é porque deu errado uma vez que virou carma.

esperei o interesse virar tesão. o tesão virar encanto. o
encanto virar paixão. a paixão virar amor.

cansei de cuidar. de sempre entender. de ser paciente. de
ser a que larga tudo pra agarrar a oportunidade de estar
junto. de me sentir idiota por planejar o futuro quando nem
me oferecem o presente.

quero ter a liberdade de errar. de equilibrar os interesses. de
ter o coração acariciado. quero usufruir do meu movimento,
porque notei que ele existe quando não estaciono por
alguém.

desta vez não colocarei o meu amor no colo de quem não sabe o que quer, porque eu sei o que eu quero. e eu não quero que olhem nos meus olhos e inventem as desculpas que já reconheço bem.

hoje me olho no espelho e vejo uma mulher que não precisa viver em função de alguém pra se sentir viva. vejo alguém que só se sentiu morta quando pensou que amar era relevar tudo a fim de se tornar visível pra quem só se deu o trabalho de não fazer nada.

agora eu sei que, quando eu passo, minha luz ilumina escuridões. sei que, quando toco, tenho o poder de fazer corpos entrarem em ebulição. sei que, quando ardo, sou capaz de deixar qualquer um louco.

e, sabendo tudo isso, o mínimo que posso fazer é valorizar meu poder.

juízo

dizem que amar é como se jogar no abismo de olhos
fechados
e confiar que alguém está lá embaixo pra te segurar.
mas eu nunca gostei da ideia de ser refém de outra pessoa,
depender totalmente do outro pra não cair e me despedaçar.
acho que posso me responsabilizar pela minha própria
queda.

o amor é um tiro no escuro
– eu assumo a responsabilidade por puxar o gatilho.

quando o corpo reflete a vontade de permanecer

ficar perto de você é sujeitar o coração a bater tão alto que mal ouço o som da minha voz. é ir pra casa pensando em todas as palavras que falei e saborear o gosto de cada uma, individualmente, pra ter certeza de que não joguei minhas chances no lixo.

é deitar minha cabeça no travesseiro e analisar se suas pausas, seus olhares e sua respiração escondem mensagens subliminares. se escondem algum indício que me dê aval pra avançar o sinal e, ao menos desta vez, não ser atropelada.

é aceitar que, às vezes, você dirá coisas que deixarão os meus neurônios tão enrolados quanto os fones de ouvidos guardados na minha mochila, mas entender que, mesmo com o fio cheio de nó, a música não deixa de chegar aos ouvidos, assim como o seu sorriso sempre encontra o brilho dos meus olhos.

você chegou como um remédio quando o amor em mim me causava azia. agitou as borboletas do meu estômago e me aliviou o peito. e eu que já sou gente grande, que acordo cedo pra trabalhar, pago contas e nunca tenho tempo pra nada, me vi tranquila como as crianças que assopram bolhas de sabão em plena segunda-feira.

ficar perto de você é estar vulnerável a ponto de permitir que o seu toque reorganize as minhas estruturas. é ter taquicardia cada vez que o seu nome aparece na tela do celular. é bater recordes em apneia, pois toda vez que você me encara, a minha respiração para enquanto juro de pés juntos estar num sonho.

é ver a saudade se antecipar no abraço de despedida, o gosto do beijo continuar sendo saboreado após virarmos a esquina e deixar o arrepio que você me causa me escoltar até minha casa.

fato

não menti quando disse que você era o amor da minha vida.

é que eu renasci.

companhia

o tempo passa e a gente percebe que não precisa dos outros
pra ser inteira. que o melhor lugar pra estar, às vezes,
é no sofá da sala de casa, com a meia furada, moletom
largo, assistindo série enquanto a chuva cai. que a melhor
companhia são os nossos próprios pensamentos enquanto
esquentamos a comida depois de um longo dia de trabalho.

o tempo passa e a gente percebe que, quanto mais
procuramos o amor, mais ele parece nunca chegar, porque o
desejo nos faz olhar em linha reta, como se a vida só tivesse
duas pontas quando são tantas, quando são incontáveis.

o tempo passa e a gente percebe que é a solidão que nos
ensina a amar nosso próprio eu, porque é o silêncio que faz
com que nos ouçamos.

o tempo passa e a gente percebe que tudo bem se quebrar,
às vezes. que está tudo bem em achar que é o fim do mundo
e chorar como se jamais fosse passar. porque é a intensidade
que nos faz jurar que algumas coisas são impossíveis, e o
milagre não existiria se não houvesse desafio.

o tempo passa e a gente percebe que há muito a perceber.
e, ao enxergar isso, aprendemos o significado de futuro.

o tempo passa e bate um medo danado, mas é importante lembrar que a gente passa também.

porque estamos vivos, e estar vivo significa dar sentido ao próprio tempo.

equivalência

às vezes,
preciso assumir que nem sempre darei conta,
porque, embora o meu coração seja forte,
também é forte o peso dos outros.

inverno no Rio

estou aqui, enfrentando todos os meus medos, pra agarrar esse sentimento que você plantou no meu peito e, vez ou outra, esquece de regar. não joga isso fora. não seja como quem chegou e partiu quando me havia ganhado.

há uma parte minha que ninguém viu, e suspeito que seja a mais bonita. fica. vê. saboreia a minha língua, mas não se esqueça do resto do corpo. do que existe dentro. da alma que colore toda vez que você passa. do romantismo que nunca valorizaram por inteiro, mas que te entrego de bandeja. sem jogos. sem demora.

fica o suficiente pra ouvir minhas metáforas sobre amor e universo. pra aprender a fazer pedidos e depois procurar as três marias no céu – dizem que funciona.
seja a minha companhia pra testar esses boatos sobre a sorte.

me conta do seu mundo secreto. juro que não mexerei em nenhum pedacinho. que só encostarei a cabeça no seu ombro e escutarei suas teorias como quem ouve o ruído mais extraordinário de todos.

estou aqui apesar de todos os tropeços. apesar da carcaça cheia de furos.

eu sei que, apesar do caos, você também está.

olha dentro dos meus olhos e percebe o quanto valorizo a sua presença.
passa a mão pelo meu braço, sente os pelos arrepiados e fica.

fica o suficiente pra descobrirmos se isso significa alguma coisa.

reconhecimento

às dores que enfrentei. às pessoas que sobrevivi. aos cacos
que juntei:

eu não seria infinita como hoje se não tivesse resistido a
vocês.
se não tivesse precisado lutar por mim
quando minhas partes haviam estilhaçado.

se não tivesse precisado encontrar forças pra me reconstituir
eu nunca saberia a garra que tenho
e o quão longe posso ir
transformando cicatrizes em avenidas.

primavera

depois que entendi que sou primavera em todas as épocas
do ano,
nunca mais esperei que me trouxessem flores.

calendário

não sei quando deixei de ter amor-próprio pra amar outra
pessoa,
mas sei quando percebi que me amar...

...me amar era a parte mais importante de viver.

luz

todos os dias
escolha se vestir
da sua própria liberdade.

sinta o cheiro do seu próprio amor
e ande como se o mundo e as pessoas
pudessem sentir cada raio de sol que sai de você.

mas, principalmente,
viva sabendo que esses raios existem.

o mundo é meu

meu corpo é um mapa das minhas vitórias.
tenho marcas pra lembrar de como me estiquei e diminuí
pra caber em espaços diferentes.

mudei, pintei o cabelo e o cortei, só pra ver se me
enxergavam quando eu nem reconhecia quem me olhava no
espelho.

meu corpo é um mapa das minhas vitórias.
ele me mostra como venci o transtorno alimentar. como
aprendi a ignorar a voz que ficava no canto esquerdo
da minha mente e sempre me dizia pra pular a próxima
refeição – e depois a outra. e a outra. a voz que dizia que
o meu corpo tinha que ser como aquele corpo: esbelto.
bronzeado. sem marcas.

hoje encaro o meu reflexo e digo "esse é o mapa pro
tesouro que está dentro de você". e existe um mundo de
possibilidades dentro de mim.

a verdade é que nunca contam que a gente muda de
tamanho, gostos, cabelo, cheiro, risada.
nós estamos em constante transformação.
e é tão bonito nos ver esticando.
é tão bonito nos ver aqui.

templo-corpo

precisei florescer cada centímetro da minha alma
pra matar o desejo de morar em outros corpos.

interesse

amar você
tem significado maior
que qualquer um poderia imaginar.

amar você
é aceitar que mereço sentir e ser sentida.

significa que eu me amo o suficiente
pra amar outra pessoa.

quer dizer que entendi
o significado de amar o próximo
como a mim mesma.

declare-se

eu me apego, faço planos, me entrego sem tempo certo.
posso te amar em uma semana.
posso não te amar nunca.

mas, se eu te quiser na minha cama hoje, pode ter certeza
de que imaginei o seu corpo nela amanhã também.

não consigo acreditar em desejo. aposto minhas fichas em
conexões.
porque o desejo existe quando o corpo deseja encostar em
outro.
quando a boca sente que está longe demais.
quando os olhos mapeiam um alguém.

enquanto a conexão é aquela vontade inexplicável de morar
em alguém
nem que seja por alguns segundos.
é quando os braços querem abraçar sem previsão de soltar.
é quando o corpo para, mas a energia vai e, num espaço mínimo,
repleto de impossibilidades, consegue despir, tocar, ter.
nem que seja na imaginação.

eu me apego e não tenho vergonha de dizer.

num mundo tão cruel, não deveria ser pecado deixar o outro
saber que é especial.

acúmulo

eu empilhava dores absurdas,
as abraçava como quem segura preciosidades.

abaixar os braços
é tão libertador.

deixe ir

quero te falar
da fragilidade das coisas

da cor do céu.
da possibilidade do azul ser uma invenção do ser humano.
me pergunto o que mais a gente inventa.
o que mais a gente espera.

quantas vezes passei pela sua mente?
você também olha pro mundo desmoronando
e pensa em como as coisas pequenas nos afetam de forma
avassaladora?

é tão delicado gostar de alguém.
se apaixonar.
se jogar sem medo.
porque todos nós carregamos marcas, cicatrizes, histórias
que quase deram certo.

somos feitos das memórias, dos pedacinhos de outras
pessoas que grudaram em nós.

minha mãe me falava sobre como a confiança é frágil – a
comparava a um copo de vidro. acho que o amor também
é assim. como se a gente olhasse pro céu e finalmente
percebesse que o azul é constituído por um monte de luz.
um monte de ilusão.

a verdade nos fragiliza.

eu admiro a sua coragem de me olhar nos olhos e dizer "eu te amo".

é tão vulnerável.

tão quebrável.

muito

não carregue nos ombros o peso dos amores que não deram certo, as vezes em que alguém não te olhou como você precisava e merecia, os dias em que seu amor precisou ser abrigo pra pessoas de alma passageira nas relações que você, por erro ou acaso, se doou demais e acabou sozinha, mais uma vez encarando o silêncio dos passos de quem partiu.

não carregue nos ombros as palavras que te foram proferidas de forma errada, nem as vezes em que te disseram que você sentia demais, amava demais, queria demais.

não carregue a sujeira que o mundo deixou no seu peito

porque seu coração é iluminado demais pra abrigar qualquer escuridão.

mar

se eu pudesse, moraria no seu abraço.
mas como morar em alguém nunca foi opção,
me motivo com esse desejo.
essa é a recompensa que me faz erguer a cabeça
e não mendigar pedaços meus perdidos pelas ruelas do
passado.

seus braços,
seu cafuné,
me desmontam.
agradeço a todos os deuses, de todas as religiões,
pra não correr o risco de te perder por chatear algum.

e eu que cheguei a pensar que amor é sinônimo de dor
não encontro lugar grande o bastante pra armazenar tanta
felicidade.

agora,
a minha cabeça que tocava o chão
pra pedir perdão pelos pecados que não cometi
(na esperança de que a misericórdia fosse o único remédio
capaz de cicatrizar as decepções)
descansa toda boba por receber um milagre que nem em
cem anos de existência conseguirei agradecer.

e eu que cheguei a espalhar pela casa lembretes rancorosos
sobre o quanto é frustrante se entregar.
pra eu não esquecer de me proteger.
pra eu lembrar de colocar em prática o que cada angústia
me ensinou.

besteira.

a primeira regra era não criar expectativas, e eu a quebrei
assim que tirei a armadura.
não achei necessário usá-la com você.

alma

nunca quis alguém essencialmente perfeito.
gosto dos defeitos, das marcas, das cicatrizes,
das histórias contadas ao pé do ouvido – boas ou ruins.

gosto da realidade do que é ser alguém.
do que é ser um universo.
dos medos compartilhados.
dos móveis desarrumados.
da matéria e do sabor, independentemente se é doce como
um olhar
ou amargo como a dor.

gosto de saber onde dói
e onde o meu amor pode entrar.
não pra curar propositalmente,
mas pra aplaudir a coragem de ser o que se é.

futuro

talvez algum dia a gente entenda
que amor não é só sobre beijos ou sexo.

amor é permanência.
é cuidado.

amor é uma carícia da vida em nosso rosto,
e nós ainda não aprendemos a lidar com carinho.

irmandade

quando minhas noites foram repletas de silêncio,
você esteve comigo, mesmo que pra se calar também.

quando meus dias de sol se tornaram dias de inverno,
você não hesitou em me iluminar com seu brilho.

quando eu não soube por qual caminho seguir,
você colocou a mão em meu peito e sussurrou: *escuta.*

quando minhas costas doeram por carregar o peso da vida,
você disse: *divide comigo a dor de ser você.*

quando você entendeu minhas razões pra partir,
não me pediu pra ficar, porque sabia que eu sempre estaria
ali.

quando o mundo caiu,
nós corremos pro mesmo lugar, pro mesmo abraço.

quando percebi,
vi que não precisaria construir um futuro com você por perto,
porque já estávamos fazendo isso durante todos esses anos,
da forma mais bonita possível.

quando percebi,
vi que nós seriamos sempre parte uma da outra,
e que você continuaria sendo o meu par sem precisar ser a
pessoa pra quem vou dizer sim no altar.

quando percebi,
eu soube:
amizade também é sobre amor.

egoísmo

entender a sua parte humana
quando você diz que não pode mais estar aqui
é a forma mais sincera que tenho de dizer que te amo.

apesar do egoísmo,
além dos nossos corpos.

detalhes

o amor vive nos cuidados. o amor está nas coisas bobas.

o amor também vive nas despedidas. como quando a gente se olhou por alguns minutos enquanto você estava do outro lado da avenida, e aquele foi o nosso adeus.

eu me despedi de você em paz. ainda te escrevo porque é assim que lido com a falta do cheiro que você deixava em cada parte da minha casa, do cheiro da sua pele na minha.

te deixo ir nos detalhes e em paz. não é como se a dor da sua partida não me atingisse.

é que o amor que guardo no canto do meu coração é grande o suficiente pra te deixar ir.

poesia

eu não escrevo poesia,
escrevo sobre você.

irmãs

segmentação é pra organizar,
não pra nos dividir.

por favor,
não esqueçam que estamos todas no mesmo barco.

não esqueçam que, se ele afundar,
muitas de nós ainda não sabem nadar.

morada

espero que um dia você encontre o amor,
mesmo que ele tenha se escondido por todas as esquinas
e corpos
e sorrisos
que você visitou, mas nunca quis ficar.

espero que encontre paz no peito,
que encontre alguém que te faça sentir em casa como você
nunca se sentiu.

espero que, um dia, você encontre paz nos ambientes mais
inóspitos e inabitáveis, e que o seu peito sirva de morada pra
quem nunca soube o que era um lar.

porque, por muito tempo, eu achei que você tinha sido o
meu,
mas a porta sempre esteve trancada.

reconstrução

esquecer as histórias das nossas cicatrizes é esquecer quem
fomos um dia e o processo que nos trouxe até o que somos
hoje. esquecer as quedas, cortes, fraquezas, despedidas,
amores interrompidos, pessoas que não valeram a nossa dor.

a memória dói, mas nos lembra o tempo todo o quão
imensos somos diante dos socos no estômago que a vida
nos dá. esquecer as memórias das nossas dores é deixar
de incluir, no topo da lista, as coisas que não devemos nos
obrigar a suportar.

eu não deveria ter suportado o descaso do seu olhar sobre as
minhas cicatrizes. mas se te encontrasse de novo, eu diria:

obrigada.

você foi o martírio e a ponte entre o pior e o melhor de
mim, mas o mérito da descoberta da minha imensidão
nunca será seu.

se você é a única responsável pelas minhas recentes ruínas,
eu sou a única responsável pela minha reconstrução.

vontade própria

agora,
a minha vontade de viver por mim
é maior do que a vontade de viver por você.

deveria ter sido sempre assim.

rir de tristeza, chorar de alegria

isso é pra você que sente demais. que sente o tempo todo. que tem um coração que não pausa. que possui um olhar diferenciado pro mundo. que vê graça nos dias nublados, porque encontra desculpa pra se enrolar embaixo do edredom e aquecer o dedão do pé. que degusta a energia do outro como quem devora a melhor ceia de Natal. e que, às vezes, mesmo sabendo que tem feito o correto, tem vontade de jogar tudo pro alto e correr o mais longe que as pernas aguentam, porque ser intensa é ter que aprender a lidar o tempo inteiro com quem não está pronto pra reconhecer que essa é a nossa melhor herança.

isso é pra você que já superou amores insuperáveis. que já se decepcionou centenas de vezes, mas não deixou de acreditar no quanto a vida pode ser extraordinária. que já queimou as mãos ao colocá-las no fogo por alguém e, mesmo em pedaços, perdoou. que encara as pessoas sem tom de julgamento e facilmente enxerga nelas aquilo que, às vezes, nem elas conseguem ver.

que você continue abrindo as portas da sua alma pra abraçar o mundo.
que continue quebrando as barreiras do que ditam impossível.
que continue acreditando que a Terra ainda pode ser o melhor lugar do universo.

porque, mesmo que seja difícil, nós, juntas, ainda podemos colorir os dias e transformar tudo ao nosso redor.

nós nunca seremos apenas uma.
nós somos uma multidão que se fortalece.
e eu tenho fé que, um dia, a gente ainda vai rir de tristeza e chorar de alegria.

porque nenhuma dor será tão grande a ponto de nos derrubar.
e nenhuma alegria será pequena a ponto de não nos transbordar.

•

as autoras

Carol Goes

Lorena Pimenta | @pimentalorena

Bruno Queiroz

Carol Stuart | @ogirassolescrito

Lorena Pimenta

Fernanda Gayo | @umamordebairro

Lucas Melo

Jéssica Barros | @meudesamor

Lucas Cunha

Maysa Muniz | @afetointerestelar

Confira nossos lançamentos,
dicas de leituras e
novidades nas nossas redes:

🐦 @globo_alt

📷 @globoalt

📘 www.facebook.com/globoalt